그래서 어떻게 할 것인가

다른 건 몰라도 한 가지는 분명하다

다시는 사랑하지 않겠다고 말하면서도

그대는 분명

다시 사랑할 것이다

천사가 쓴 악마의 시

초판 1쇄 인쇄 ı 2013년 5월 1일 초판 7쇄 **발행** ı 2013년 5월 31일 **지은이** ı 글 고니, 그림 은알 **펴낸이** ı 이춘원
펴낸곳 ı 노마드 Nomad **기획** ı 강영길 **편 집** ı 김순곤 **디자인** ı 고 니 **마케팅** ı 강영길 **관 리** ı 정영석
주 소 ı 경기도 고양시 일산동구 장항2동 753 청원레이크빌 311호 **전 화** ı (031) 911-8017 **팩 스** ı (031) 911-8018
등록번호 ı 2005-29 **등록일** ı 2005년 4월 20일 **공급처** ı 책이있는마을
잘못된 책은 구입하신 서점에서 교환해 드립니다. ISBN : 978-89-956437-3-0 13880 책값은 뒤표지에 있습니다.

천사가 쓴 악마의 시

05

There's always one who loves and one who lets himself be loved.

W. Somerset Maugham

봄
여름
가을
겨울
그리고

아무도 믿지 말 것
사랑하지 말 것
공복의 쇼핑처럼
충동적인 사랑하지 말 것

그리고 노란 봄 바다
그리워만 할 것
4월을 잘 넘기고
롤링팝 패턴 예쁜 네일을 하고
그 손끝으로 욕심만큼
하늘에 동그라미

외롭지 않다고 혼잣말 하고
울지는 말 것
그 누구에게도 전화하지 말 것

그래도 사랑이 온다면
어쩔 수 없지
너만 아니라면
어쩔 수 없지
또다시 미칠 것 같은 그 봄날

봄

나는 귀 기울여
내 안의 속삭임을 들었다.
우리는 살면서
때론 듣지 말아야 할 말을
듣게 된다.

천사 악마

악마는 내게 사랑하라 하고
천사는 그 사랑을 용서하라 하고
천사와 악마
그 둘은 내 안에 공존하며
낮은 목소리로
속삭이기 시작했다.

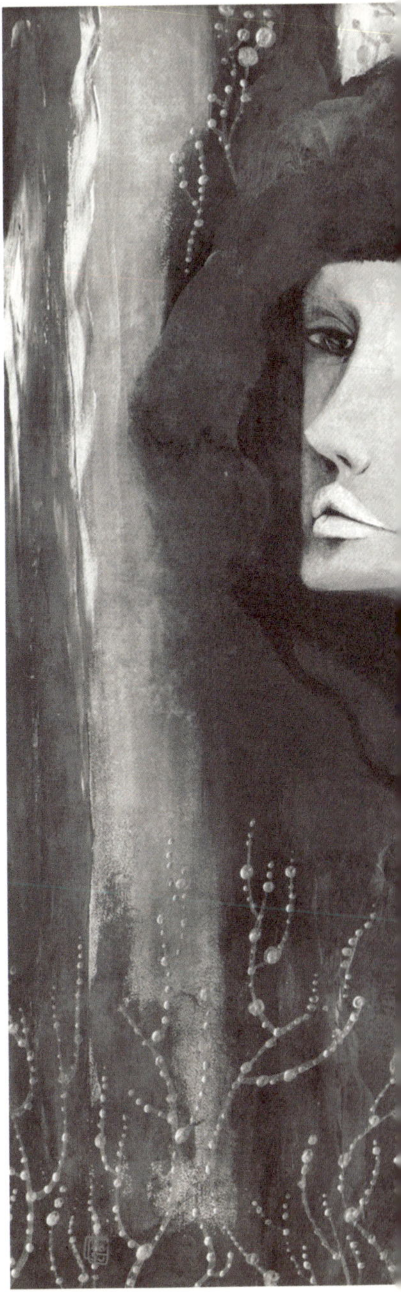

순결서약을 할 때 이미 순결하지 않았다.
순결반지는 거짓증언을 하고 받은 약간의 사례처럼
손가락 사이에서 죄책감으로 반짝였지만
그 어두운 느낌에서 벗어나는 길은
너를 사랑하는 길밖에 없었기에
더욱더 너를 사랑했다.

하지만 네가 나를 구원할 수는 없었다.

사랑한다고 말하면서도
외로웠음을 고백합니다.

그때 아무것도
시작되지 말았어야 했다.

형벌처럼 너를 사랑하기 시작했다.

너는 화가가 아니지만 그림을 그린다
전기기술자가 아니면서 조명을 바꾸고
페인트공이 아니면서 작은 붓으로도 대문을 오렌지컬러로 칠하였다.
가수가 아니면서 노래를 부르고
배관공이 아니면서 막힌 세면대를 고쳐놓았다.

너는 재판관이 아니면서 기어이 나를 판결하였다.
내가 너를 사랑해야 한다고
너의 서투른 판결에 어이없이 나는 굴복하였다.   그리고

형벌처럼 너를 사랑하기 시작했다.

문제가 되지 않으리라 생각했던
모든 것이 늘 문제였다.

스무 살이 되면 부모동의 없이 결혼할 수 있는 나이여서
스무 살이 되기를 기다렸다.

스무 살이 되면
결혼하리라고 몇 번이나 다짐했다.

연애보다 결혼이 더 행복할 거라는
큰 착각 때문에

때론 내가 서 있는 곳이
어디인지를 모른다.

공간이 있다.
너의 향기가 가득하고 나는 그 안에 있다.
백합향 같은 그 숨 막히는 황홀함 때문에 내가 죽어갈 줄은 정말 몰랐다.
죽으면서도 아무런 고통을 느끼지 못하리라.

너라는 공간이 있다.
그 공간 안으로 들어간 것은 나였다.

내가 써둔 사랑의 대본에
적절한 배역을 찾는 일은 쉽지 않았다.

너와의 첫 번째 키스는 싫지 않았지만
생각보다 설레지도 않았다.
너의 입술에선 스피아민트 향이 났고
그 향기는 왠지 익숙했다.

반환점 같은
멀지 않은 길이지만
이제 다시 돌아가야 할 것 같은 알 수 없는 느낌
시작인 줄 알았는데 다 와버린 것 같은
너와의 키스는 부드러웠지만 막막했다.

그 이유를 오래지 않아 알 수 있었다.

행복이라는 말의 의미가
이렇게 어이없을 때도 있다.

천천히 페달을 밟는다.
하늘은 푸르고 가로수가 싱그럽다.
세탁소, 피아노학원, PC방, 반찬가게
새로 생긴 과일가게를 돌아 미용실 앞을 지날 때는
커다란 창문 앞에서 화분에 물을 주고 있는
미용실 언니와 눈이 마주칠까 봐
고개를 돌려야 했다
17Km 떨어진 너의 집 앞까지 간나면 무릎이 아플지도 모르지만
아직은 괜찮다. 끝까지 가볼 거다.

훔친 자전거를 타고 너에게로 간다.

너에게서 또 새로운 이름을 듣는다.
아직도 내가 알지 못하는 친구와 친척과 동창이 있었다는 게 신기하다.
롤리키드나 메가마우스, 파리지옥이나 라플레시아 같은
생소한 이름을 들었을 때도 그렇지 않았다.
하지만 루시아
그 여자의 이름은 보지 말아야 할 것을 보았을 때처럼 당혹스러웠다.

아직도 내가 알지 못하는 낯선 이름

언제부터인가
알고 싶은 것이 많아졌다.

둘만의 시간에는
인내력이 필요하다.

수요일에 미용실에 가서 머리를 손질하면
토요일 뮤지컬을 보러 갈 때쯤
나의 S컬은 상당히 자연스러워져 있을 것이다.
너와 함께 '아이다'나 '그리스'를 보러 가는 것도 즐거운 일이지만
사실 내가 좋아하는 것은 단조롭지만 난해한
인디밴드의 음악을 크게 틀어놓고
맥주를 마시는 일이다.
가끔은 그 리듬에 몸을 흔들기도 하며 너를 바라보는 것이다.
너는 참을성 있게 스마트폰의 화면을 들여다보거나
잡지의 광고를 스크랩하다가
결국 빈 맥주캔을 흔들어 보고 편의점으로 술을 사러 나가버리겠지만

너와의 소풍 같은 시간이 뮤지컬보다도 나는 좋다.

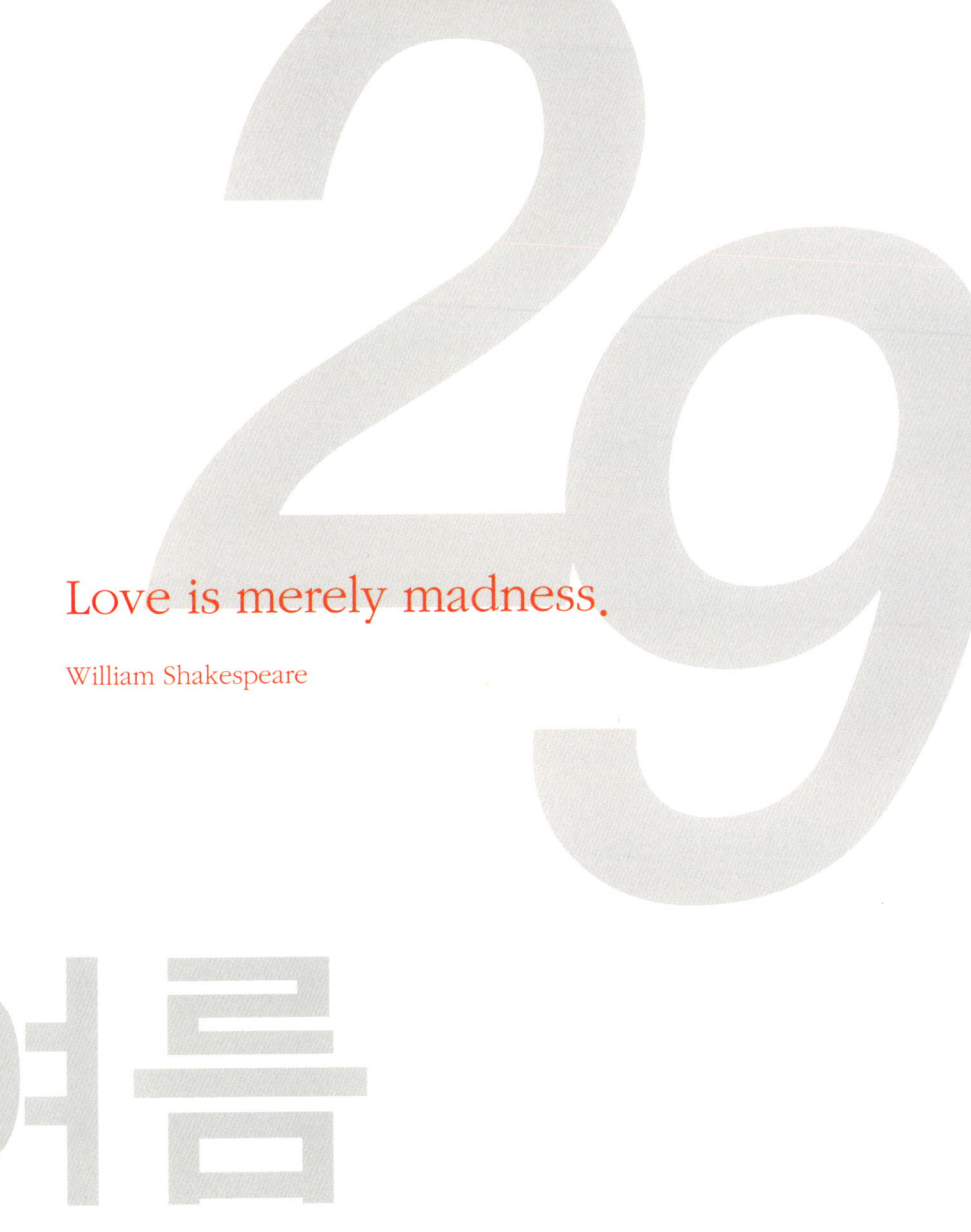

Love is merely madness.

William Shakespeare

봄
여름
가을
겨울
그리고

누가 죽는다 해도 겁먹지 않으리
왜 그랬을까 아닌 줄 알면서
번번이 달려가던 내 마음 여림

사각 무늬 어지러운 보도블럭
땅만 보고 걸어야지 네가 불러도
난 귀머거리
돌아보지 않으리

그래 마지막이라고 말해라
내가 기다리는 말
엎질러진 술잔이 내 무릎을 적셔도
난 웃어주리라
이젠 아무렇지 않아

내 머리 위
어차피 눈 뜰 수 없는 햇살처럼
화사하게 내리쬐는 분노를
혼자 어찌 해보리라
잔인한 여름 오후

혼자 바짝 말라 부서저 보리라

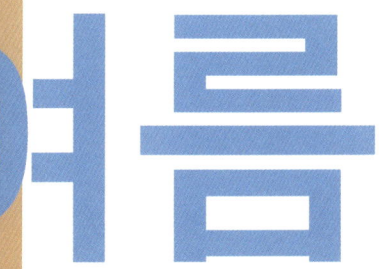

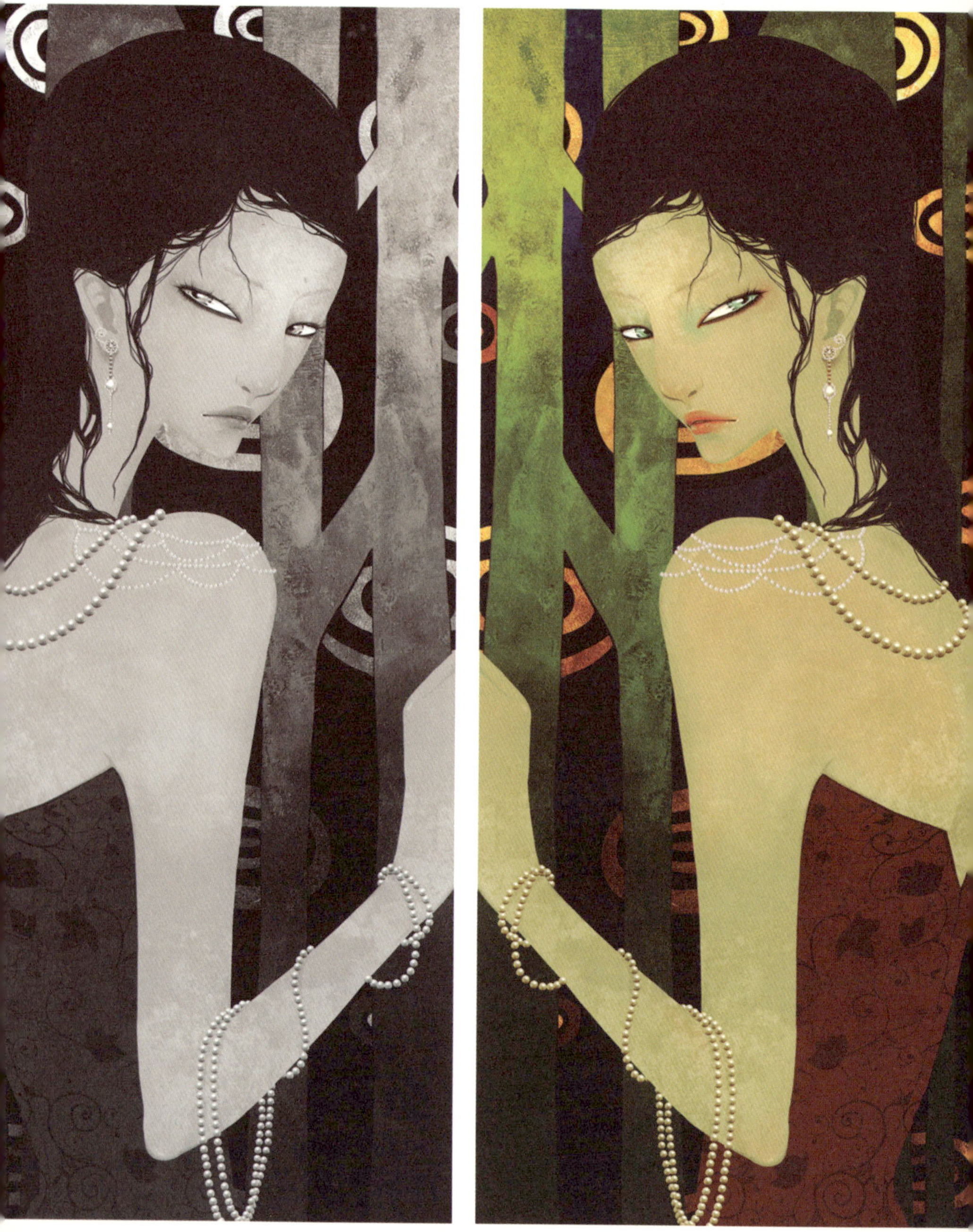

소리 없이 너의 등 뒤로 다가간다.
너를 죽이기 위해서다.

등 뒤에서 너를 힘껏 안는다.
내 가슴 깊은 곳 죽을 만큼 아픈 이 통증이
너에게로 전해지도록
내 아픔이 너의 심장 깊은 곳까지 전해져서
너도 나처럼 죽어가라고

소리없이 너의 등 뒤로 다가가 힘껏 안는다.
너를 죽이기 위해서

사랑에는
불행하게도 소유와 증오까지
포함된다.

결국, 위로받고 싶은 것이다.
사랑한다는 것은
기대어 쉬고 싶은 것이다.

단추를 모두 채우면 답답해 보이고
단 하나만 열어도 야해 보이는
단추가 네 개뿐인 블라우스를 입을 때
너에게 전화를 한다.

나 어떻게 하지?

아무것도 해결할 수 없는
막막한 시간이
때론 무언가를 하는 것보다
도움이 되기도 합니다.

끊기는 전화는 다 너의 전화 같지만
그 낯선 열한 개의 숫자를 해독해 가면서
발신자를 확인하고 싶지는 않았다.
너여도 되고 네가 아니어도 상관없다.
어차피 접속 불량의 회로처럼
무선으로도 유선으로도 너와 나는 연결되기도 하고 끊기기도 한다.

아무것도 결정할 수 없는 시간이
환형동물의 마디처럼 흩어진 채 꿈틀대고 있다.

유난히 그런 날이 있다.
거리를 걷거나 커피를 마시다가도
너의 얼굴이나 머리카락을 쓰다듬고 싶은 날이 있다.
괜히 안아보고 싶기도 하고 너의 전화기를 만지작거리기도 한다.
하지만 그것은 네가 싫어하는 행동이다.
표정이 굳어지면서 먼 곳을 본다.

그것을 알면서도 나는 계속한다.
나 스스로 슬퍼지는 방법이다.

내가 아닌 나를 좋아한다.
내가 아닌 나도 결국 나이지만
가끔은 내가 아닌 내가
너를 사랑했으면 좋겠다.
내가 아닌 내가 힘들어 하지 않고
아무렇게나 너를
사랑했으면 좋겠다.

우리가 진실만을 말하기로 맹세한다면
무엇을 말할 것인가.
너는 나에게 무슨 말을 하고 나는 너에게 무슨 말을 할 것인가.
스스로 뱉은 진실마다 형광펜으로 밑줄을 그으라고 한다면
내 떨리는 손은 차마 곧은 선으로 진실을 체크하지 못하고
결국 달아나고 말 것이다.

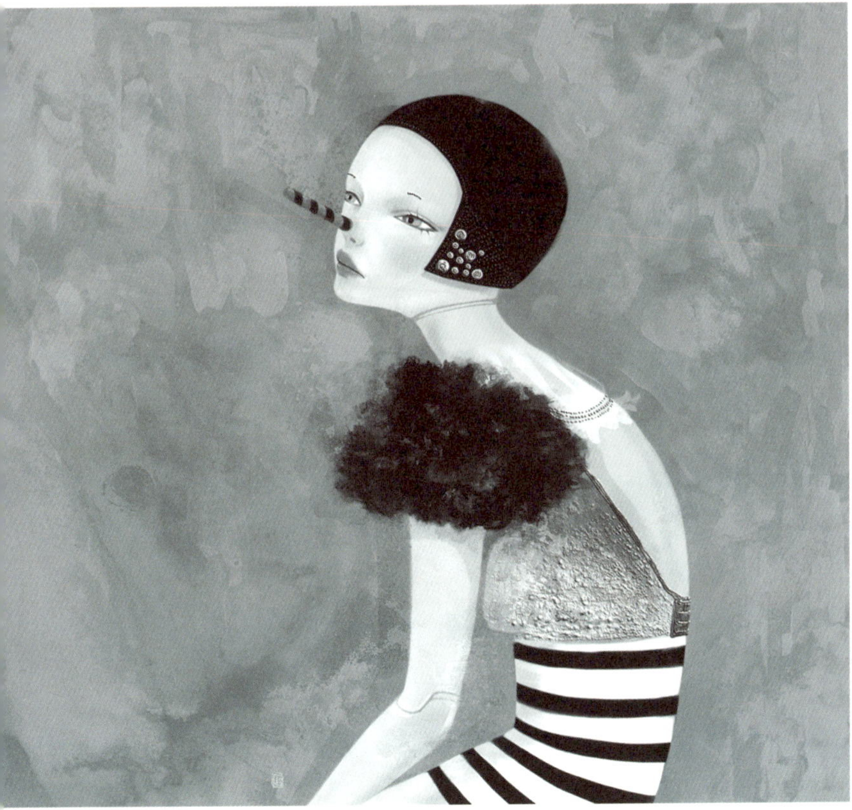

우리가 죽을 만큼 사랑했다는 말에
누가 밑줄을 그을 수 있을 것인가.

천사 악마

내게 무슨 일이 있었는지
너에게 말하지 않았으면서도
네가 그걸 모르고 있다는 게
괜히 화가 난다.

장마가 끝날 무렵
레인부츠를 샀다.

체스판 같은 체크무늬의 장화를
비가 와도
난 신지 않을 것이다.

비를 맞으며 맨발로
광화문에서 돌아오던 그 밤에
내 어딘가에 레인부츠가 있었다면
그렇게 서럽지는 않았을 것이다.
비가 내리는 날 신지 않는다 하여도

알면서 하는 일과
몰라서 하는 일이 있지만
그 어느 것도 현명하지는 않았다.
후회할 일을
알면서 또 했다.

그 클럽의 앰프는 출력만 높은 싸구려였다.
취하지 않았으면 도망 나오고 싶었을
형편없는 사운드였지만 난 춤을 추고 있었다.

음악보다 혼란스러운 내 마음에
이것이 너와의 마지막 춤이라고 몇 번씩 큰 소리로 외쳐주면서
귀를 막고 울고 싶었지만,
어느 드라마에선가 본 유치한 장면 같아서 그러지도 못했다.
춤을 추다가 문득 돌아보면
네가 먼저 사라져주었기를 바랐다.

약속,
그 거짓말 놀이
어른이 되어도 그만둘 수 없는
매력 있고 재미있는 놀이

네가 나를 자기라고 부를 때
그 낯선 호칭에 문득 놀라곤 했다.
네가 내게 변치 말자고 할 때
무슨 폭력조직의 맹세 같아서
대답하면서도 불안하고 두려웠다.
왜 그랬을까. 사랑하면서

정확한 내용은 기억나지 않지만 악몽이었다.
스무 살 이후
이렇게 식은땀을 흘릴 정도의 끔찍한 꿈은 처음이었다.
꿈에서 깨어 한동안 울었다.

아침에도 열이 많이 나고 목이 아팠다.
의사는 3일분의 약을 처방했고
나는 그 약을 라페스타 근처의
버스정류장 쓰레기통에 버렸다.

감기여서 다행이었다.

3일 정도 앓고 나서 잊을 수 있다면
나는 언제라도 사랑에 빠지리라.
하지만 다시 반복하고 싶지 않은
너의 이름앓이
그 사랑이라는 놈.

53

Love is an exploding cigar
we willingly smoke.

Lynda Barry

봄
여름
가을
겨울
그리고

알고 있다. 그래서
지금 몹시 부끄럽다

저리 낙엽처럼 흩어져 내리는
우리 이야기가
하나씩 아름답지 못했다는 걸
확인해 가면서

가로수처럼 벌거벗겨진 채
거리에 서 있는 우리를
누군가 손가락질하고 있다

돌아갈 곳이 있다면
돌아가도록 하자

그 어떠한 변명도 가림막 되지 못하는
가을의 스산한 바람소리만
오래된 OST처럼 깔리는데
한심하게도 나는 지금
그럴 듯한 마지막 인사를 생각하고 있었다

인사 따윈 나누지 말고
서둘러 돌아서자
그게 좋을 것 같다

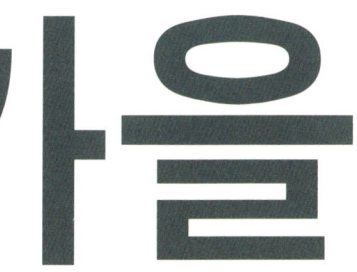

내가 아프면
너도 아플 거라고 생각했다.
그래서 용하게도
나는 모질고 독한 말만 골라내어
늘 생각해 온 것처럼 너에게 말했다.
그러나 내가 한 말들은
날카롭게 날을 세워 부메랑처럼 돌아와
결국 내 가슴을 베이곤 했다.

그까짓 일 년 정도
내 인생에서 없었던 걸로 해두지
네가 아니었어도 살아왔을 시간
네가 아니었어도 또 다른 사랑을 했을 시간

그까짓 일 년 정도

엄마는 내게
자신의 인생을 쓰레기통에 처박지 말라고 말했지만
아무렇지도 않았다.
그 어떠한 상처에도 금방 새살이 돋아나는
마술연고 같은 너의 사랑이 있었으니까.

나는 미쳐 있었다.
외출할 때마다 이제 다시 이 집에 돌아오지
않을지도 모른다고 생각했다.
가져가고 싶거나 소중한 것도 없었다.
너는 나를 금세 환상의 섬으로
데려갈 것만 같았다.
시간이 급한 여행자처럼 서두를 때마다
엄마의 긴 한숨이 새로 산 목걸이처럼
내게 걸리곤 했다.

너를 잊기를,
그 중독 같은 사랑에서 벗어나
내가 자유로워지기를 열망한다.
그러나 네가 아니어도
사랑, 그 가시울타리 같은 아픔을
나는 또 그리워하겠지만

어느 날 거리에서 누군가 내 이름을 부른다.
제시카든 엘리자든 아무 상관이 없다.
새로운 영화가 시작되듯 난 누군가 불러주는 새로운 이름이 되어
옷과 구두와 새로운 가방에 짐을 채우고 그 사람과 먼 여행을 떠나는 것이다.
제법 바람이 차가운 10월의 이른 아침
눈물나게 그리움 자욱한 가을 바다를 보러 설레며 떠나는 거다.
또다시 어리석게도 뭔가를 시작해보는 거다.

무엇을 생각하든
불행하게도 나쁜 예감은 거의 맞다.
특히 이별예감은
틀린 적이 없다.

TV 리모컨이 없다고 전화가 왔다.
너의 방에서 없어진 리모컨이 어디에 있는지
내가 알 리가 없는데

그렇게 리모컨처럼 애타게 한 번도 너는 날 찾은 적이 없다.
그렇게 사랑스럽게 만져준 적도 없다.
리모컨이야 곧 찾을 수 있겠지만
나를 잃어버리면 다시는 찾지 못할 것을 너는 모르고 있다.

쇼윈도에 비친 내 모습이
스스로 아름다워 보이는 날은
집에 가기 싫은 날이다.
그리고 너와 꼭 다투게 되는 날이다.

노력해봐야 아무 소용없는 일이 있다.
너와 나의 사이처럼

우리가 서로 이해하려고 노력해서 어쩌겠다는 것인가.
실금이 간 어항처럼 소리 없이 새어나가는 믿음을 끝내 막지 못하고
언젠가 밑바닥이 드러난 어항 속의 물고기처럼
파닥거리며 죽어갈 우리 사랑을 확인하게 될 뿐

이제 서로 놓아주자.
네가 강물이 흐르는 쪽으로 가겠다면
힘들어도 연어처럼 내가 거꾸로 거슬러 올라갈 테니

사이다가 너보다 상큼하다.
사이다가 너보다 달콤하다.
사이다가 너보다 톡 쏘는 매력 있다.
사이다가 너보다 늘 내 가까이 있다.
그리고 가장 중요한 건
사이다가 너보다 투명하다.
거짓 없다.

그래서
사이다가 너보다 좋다.

너를 미소라고 부를 것인가
너를 슬픔이라고 부를 것인가
너를 무엇이라고 부를 것인가
지금은 알 수 없는 너의 이름을
고민한다.

한때 나는
너를 운명이라 불렀었다.

싸우고 나서 화해를 하면
너는 늘 새 출발이라는 표현을 했다.
'어제까지의 일은 모두 잊어버리고 오늘부터 우리 새 출발이야.' 라고
나는 늘 그 새 출발이 어이없었지만
너는 마치 정말로 뭔가 새로이 시작된 것처럼 앞서 걸어갔다.

늘 나를 더 외롭게 했던 새 출발이 이제는 없다.
어디선가 아직도 룰을 위반한 선수처럼
너는 혼자서 또다시 새 출발을 하고
누군가 예전의 나처럼
쓴웃음으로 너를 바라보고 있을지 모르겠다.

천사
악마
그 둘이 내 몸 안에 살고 있다.

사랑이라는 집을 짓고 부수고 장난감처럼 어질러놓고
천사랑 악마랑은 늘 공평하다.
그 둘 다 아무런 잘못도 하지 않았다.

나는 천사이기도 하고
악마이기도 하다

오늘도 내 안에 천사와 악마가 일란성 쌍둥이처럼
힘들게 하며
웃고 있다.

가질 수도 버릴 수도 없는 것들
늘 선택이라는 갈등 앞에서
나는 망설인다.
오늘도 나는 갈림길 앞에 있다.

우리 사이에 투명한
유리벽 하나만 있다 해도
나는 너를 그리워했을 것이다.
우리 사이에 무언가 있었으면 좋겠다.
사랑하면서도
그리워하고 싶다.

다른 사람을 보고 웃지 말라고 한다.
말도 하지 말라고 한다.
그래야 온전하게 나를 사랑할 수 있다고 너는 말한다.
그러기 위해서 노력하고 있다고

나는 학습장애가 있는 아이처럼
너의 말을 잘 이해할 수가 없다.
내 삶이 혼란에 빠졌다.

Everything that I understand,
I understand only because I love.

Lev Tolstoy

봄
여름
가을
겨울
그리고

겨울은 첼로다
낮고 깊은 울음소리로
너는 울었다.

용서해 달라고 했지만
나는 못 들은 척했다
이제 나도 내가 편해지는 방법을 안다.

겨울은 숨어있기 좋은 방이다.
우리가 음모했던
수많은 범죄에 관하여
범죄라고 불리던 사랑에 관하여
이제 어떻게 지워야 할 것인가에 관하여
우리는 침묵으로 논의하고 있었다.

고르게 아픔을 분배하고
작은 지문 같은 추억마저
가능하면 지우기로
그리하여 우리의 스토리는 미궁에 빠지고
어쩌면 완전범죄가 될 수도 있는 것이다.

우리가 사랑했다는 사실을
우리 스스로 잊을 수만 있다면

아름답다고 하면 아름다워진다.
슬프다고 하면 슬퍼진다.
마술처럼 말한 대로 이루어진다면
나는 그러겠지.
잊혀진다
잊혀진다…

무엇을 안다고 하고 무엇을 모른다고 할 것인가.
무엇을 기억하고 무엇을 기억하지 말아야 할 것인가.
다시 한 번 잘 생각해야지.

사랑이 시작되거나
사랑이 끝날 무렵

처음이라던가
마지막이라고 생각했던 일들이
대부분 잘 생각해보면
처음이 아니거나
마지막이 아니었다.

사랑의 성분과 함량에는
내 몸에 이로운 그 무엇도 없었다.
어떠한 형태로든 섭취해서는 안 되는
질투와 거짓과 분노가 다량 함유된
사랑의 실체를 누구나 알면서도
기어이 사랑은 물이나 공기처럼 없어서는 안 되는 것으로
우리에게 존재한다.
우리는 이상하게도 모두가 공범이 되어 그 사실을 묵인하고
몹쓸 사랑에 누군가 또 홍역을 치르도록
언제부턴가 고개 돌려 방관하기
시작했다.

이른 시간에 기차를 타기로 했다.
서울을 빠져나가 어디로든 간다면
숨을 쉴 수 있을 것 같았다.
세 시간 반 기차를 타고
한 시간 넘게 버스로 간
바닷가 마을에서 하루를 지냈다.
후회하지 않지만 많은 것이 달라졌다.
더 나쁜 쪽으로

공부에 빠져 있어야 할 때
사랑에 빠져 있었다.
늪처럼 깊은 그곳으로
우리는 기꺼이 뛰어들었다.

유치하지만 끝내 나의 모든 비밀번호를 너의 생일로 바꿨다.
네가 나를 위해 태어나 준 것도 아니고
네가 나를 위해 메시아처럼 이 땅에 와 준 것도 아닌데
너의 생일은 내가 알고 있는 숫자 중에
가장 중요한 숫자가 되었다.

만약에 너와 헤어져도 난 쉽게 너의 생일을 잊지 못하겠지.
다른 사람 만나도 가끔 입속말로
남모르게 너의 이름을 되뇔 때

그때도 너의 생일은
아무도 모르게 우리의 추억을 감추어둔
내 마음 금고의 비밀번호로 남겠구나.

아무도 모르게 간직하고 싶다가도
누구에겐가 말하지 않으면 견딜 수가 없는
너라는 존재.

엄마가 말했다.
'너를 마지막으로 한 번만 더 믿어볼게.'
나는 아무 말 못 하고 눈물만 흘렸다.
울면서도 나는 이미 너에게 달려가고 있었다.
기차 건널목의 위험신호 깃발처럼 등 뒤에서 멀리
엄마의 손수건이 자꾸 눈물을 닦아내고 있었다.

우리가 서로 사랑했다 하여도
사랑 후에 나는 혼자 남아
나머지 공부를 하는 아이처럼
너를 생각한다.
둘이서 한 잘못을
혼자 벌 받는 느낌이다.

운명이라는 것이
혹시 그냥 내가 좋아하는 것들에 대한
착각일지도 모른다.
시간이 지나면
아무튼 그 운명이었던 것들이
더러는 시시해지기도 하거든.

동네 작은 카페의 간판 구석에
Since 2001이라고 쓰여있다.
그것을 보면 10년쯤 전부터
이 카페는 나를 기다려왔던 것 같은 생각이 든다.
오래전부터 내가 이 카페 앞을 지나칠 때마다
카페는 언젠가 내가 이곳에 오리라는 걸
알고 있었을 것 같은 생각이 들었다.

입술에 묻은 맥주 거품을 혀끝으로 훔치며 나는 생각한다.
너는 언제부터 나를 기다렸을까.
우리가 몰랐던 오래전 언제인가부터
혹시 너는 날 기다린 게 아니었을까.
확인해보면 너의 몸 어딘가에
Since xxxx 라고 적혀 있을 것만 같다.

미안해
미안해
언제까지 입버릇처럼
그 말을 달고 살까.
나는 누구에게 그리도 미안한 걸까.
오늘 나는 나 자신에게 미안하다.
이리도 바보 같은 거울 속의 나에게

너무나 오래도록 그리워했던 여자가
유모차를 밀고 눈앞에 지나가고 있거나
에스컬레이터 반대쪽에서 다른 남자에게 반쯤 안겨 올라오고 있을 때
반가울까, 슬플까.
너와 내가 언젠가 그렇게 만나게 되면
우린 어떤 표정으로 스쳐 갈까.

힘들어도 견뎌보자고
결국은 모두가 우리를 이해하게 될 거라고

그래서 견디면서 생각하는 거다.
모두가 우리를 이해할지 모르지만
당장 나를 이해 못 하는
너는 뭐지?
그런 너를 이해할 수 없는
나는

사랑이 커다란 새장 같을 때가 있다.
몇 번이고 '나를 좀 내버려둬.'라고 말했지만
너는 내게 더 세심해지려고 애쓰는 것 같았다.

심각하게도
사랑의 늪에 빠졌다거나
사랑의 최면에 걸렸다거나
사랑에 눈이 멀었다거나
사랑의 포로가 되었다거나
사랑의 굴레를 썼다거나
사랑의 덫에 걸렸다거나
사랑의 미로를 헤맨다거나
사랑에 취하거나
사랑에 미쳤다면서도
행복해한다.

누가 뭐라고 하든 앞만 보고 가리라고
막연히 다짐하면서도
나는 모른다.
그 앞이 어딘지 무엇인지
그것이 행복이라면
이렇게 해서 행복해질 것 같지도 않다.

The important thing
was to love rather than to be loved.

W. Somerset Maugham

봄
여름
가을
겨울
그리고

그리고
모두가 마음 편해지기를
아무도 들어주지 않는 기도라도 하면서
우리가 함께여서 더 외로웠을지 모를 시간을
파노라마처럼 펼쳐놓고
어설프게 평화를 위하여
술 한잔

풍경만 있고 사람은 없는 사진에서
자꾸 사람을 찾으려 한다.
풍경만은 외롭다.

이 그림 속에 사람은 없나요?

한 사람 있었는데 사진을 찍고 있었어요.

라고 말하는 사람과
그냥 술 한잔

그리고

30분만 기다려도
내 인생이 온통 기다림뿐이었던 것 같다가도
한순간의 짧은 입맞춤에
평생 구름 위에 있었던 것 같은 환상에 빠진다.
바보같이

이렇게 흔들려도 되는가.

나 자신에 대해서는 누구보다도
내가 잘 안다고 생각했다.
하지만 내가 얼마나 바보였는지
나만 모르고 있었다.

커튼을 걷고 창을 연다.
아직 차가운 바람이 내 얼굴에 마른
눈물 자국을 당기고 스쳐 가지만
이 지루하고 습한 사랑을 환기하고싶다.
오늘의 첫 번째 햇살을 가득 받아
이 눅눅한 가슴 활짝 펴서 말리고 싶다.

'나는 무슨 일이든 용서할 수 있지만
전화를 안 받는 건 용서할 수 없어.' 라고 너는 말했다.
도대체 무슨 말인지 이해할 수가 없다.
단지 전화를 못 받았을 뿐인데

나는 네가 용서할 수 있다는 그 '무슨 일' 에 대하여
오래도록 생각했다.
무슨 일인지 그것을 해서 꼭 용서받아보고 싶어졌다.

인간의 모든 일은 자신 안에 있는 천사와 악마가 나누어서 한다.
좋은 일과 쉬운 일은 천사의 몫이고
나쁜 일과 힘든 일은 악마의 몫인데
사랑은 누가 할 것인가로 역할 분담이 힘들었다.
고심 끝에 사랑은 당분간 악마가 관장하기로 하였다.
그러나 시간이 갈수록
어차피 그것은 악마의 일이라는 게 분명해졌다.

바늘꽂이를 처음 보았을 때
간직하고 싶을 만큼 예뻤지만
그 용도를 알고 난 후에
그것이 갖고 싶지 않아졌다.
지금 내 마음이 바늘꽂이 같다.

회복되기 어려운 환자의 가족이
평생 희망을 버리지 않고 치료에 애쓰는 것은
그 환자의 건강하고 아름다웠던 모습을 기억하기 때문이다.

모두가 예전의 너로 돌아올 수 없다 하여도
나는 너와의 첫 만남을 기억하기 때문에 우리가 처음처럼
행복해질 수 있을 거라 믿었다.
모두가 생각을 바꾸라고 했지만
나는 희망을 버리지 않고 네가 돌아오기를 기다렸다.
그 희망 때문에 내가 죽어가는 줄도 모르고
그 희망 때문에 죽을 만큼 아플 줄도 모르고

새벽길의 가로등은 많이 외롭다.
잠이 들지 못했든
이제 막 잠을 자기 위해 돌아가는 길이든
새벽 4시의 거리를
자주 걷진 말아야겠다.

아무 일도 아닌데
정말 별일 아닌데
모르긴 해도 살면서
이런 일 몇 번은 더 있을 텐데
그래도 아프다.
많이 아프다.

기꺼이 헤어져 줄 거라고 말하면
너는 놀란 처할 것이다.
누가, 언제 헤어지자고 했느냐며 화를 낼지도 모른다.
하지만 우습다.
우리는 늘 사랑하면서 이별을 생각했다.
혼자였을 때 사랑을 꿈꿔온 것처럼

헤어짐을 두려워할 필요는 없다.
어쩌면 사랑보다 위험하진 않을 테니까.
모든 것은 지나간다.
거짓말이 아니다.
아직 아프지만 어찌 됐든 또 하루가 가고
나는 살아 있으니

가까운 길을 두고
늘 멀리 돌아서 가는 것이 좋았다.
익숙하지 않은 새로운 길에서
가끔은 길을 잃어도 좋았다.
해 뜨는 것을 기다려
동쪽으로 가면 된다.
밤이 지나면 나는 또 길을
찾을 수 있을 것이다.

너와 헤어지는 것은
또 돌아가는 길을 택하는 것이다.
나는 먼 길을 돌아가다가
지치고 길을 잃을 것이다.
그때 너와의 좋은 날을
기억하리라.
그것이 힘들 때마다 내게
해가 뜨는 방향을 가르쳐 주는
나침반이 되리니

깃발은
바람이 부는 대로
나부낀다.
처음부터 그랬다.
그래서

걱정하지 않는다.

착하지 않아도
예쁘지 않아도
그냥 사랑하면 된다.
참, 쉽다.

사랑하지 않아도 사랑하는 것이다.
사랑은 하고 안 하는 게 아니라
신체의 일부처럼 태어날 때부터 내 안에 있었던 것이다.
그래서 사랑은 나의 선택이 아니다.
그냥 숨을 쉬면 사랑하는 것이다.
살아 있으면 사랑하는 것이다.

오늘
나는 꿈 꾸지 않고 잠들기를 원한다.
사랑을 베고 이별을 덮고
네가 없어도 깊이
잠들기를

다행이다.
네가 없어서
이제 내 방식대로
온전히 너를
사랑할 수 있게 돼서
용서할 수 있게 돼서
내 추억 한 페이지
이렇게 접는다.

너를 간직한다.

외롭지 않다는 거짓말
사랑하지 않는다는 거짓말
이제 웃지도 울지도 않겠지만
마음 틈새로 보이는
나는 늘 흔들린다

언젠가
힘겹게 잠든 새벽 시간
다시 너의 전화가 울리겠지만
받지 않겠다

전화기 너머 들릴
취한 목소리 아픈 숨소리에
이불 뒤집어쓰고 속울음 울던
나는 이제 없다

미안하지만
너도 나도 우리 이야기도
아무 것도 없다

숲은 더욱 어두워지고

이제 더 갈 길은 없다

그리하여 우리는

다시 상처받으며

쓰러지며

할 수 있는 일이라고는

어이없게도

다시 사랑뿐임을

알게 되리니